CATALOGUE

D'UNE COLLECTION

DE

TABLEAUX

ANCIENS

De Maîtres Flamands, Hollandais et Français

PROVENANT DU CABINET

D'UN AMATEUR DE HOLLANDE

DONT LA VENTE AUX ENCHÈRES PUBLIQUES AURA LIEU

HOTEL DES COMMISSAIRES-PRISEURS

Rue Drouot, n° 5

SALLE N° 4

Le Jeudi 18 Décembre 1862

A DEUX HEURES PRÉCISES

Par le ministère de Me **DELBERGUE-CORMONT**, Commissaire-Priseur,
rue de Provence, 8,

Assisté de M. **DHIOS**, Expert, rue Le Peletier, 33,

CHEZ LESQUELS SE DISTRIBUE CE CATALOGUE.

EXPOSITION PUBLIQUE

Le Mercredi 17 Décembre 1862, de midi à cinq heures.

PARIS

RENOU & MAULDE

IMPRIMEURS DE LA COMPAGNIE DES COMMISSAIRES-PRISEURS
Rue de Rivoli, 144

—

1862

CATALOGUE

D'UNE COLLECTION

DE

TABLEAUX
ANCIENS

De Maîtres Flamands, Hollandais et Français

PROVENANT DU CABINDT

D'UN AMATEUR DE HOLLANDE

DONT LA VENTE AUX ENCHÈRES PUBLIQUES AURA LIEU

HOTEL DES COMMISSAIRES-PRISEURS
Rue Drouot, n° 5

SALLE N° 4

Le Jeudi 18 Décembre 1862

A DEUX HEURES PRÉCISES 

Par le ministère de M° **DELBERGUE-CORMONT**, Commissaire-Priseur,
rue de Provence, 8,
Assisté de **M. DHIOS**, Expert, rue Le Peletier, 33,
CHEZ LESQUELS SE DISTRIBUE CE CATALOGUE.

EXPOSITION PUBLIQUE
Le Mercredi 17 Décembre 1862, de midi à cinq heures.

PARIS
RENOU & MAULDE
IMPRIMEURS DE LA COMPAGNIE DES COMMISSAIRES-PRISEURS
Rue de Rivoli, 144

1862

CONDITIONS DE LA VENTE

Eile sera faite au comptant.

Les Acquéreurs paieront CINQ CENTIMES PAR FRANC, en sus des adjudications, applicables aux frais de vente.

DÉSIGNATION

DES

TABLEAUX

ANTONISSENS

1 — Paysage.

A l'entrée d'un bois, deux villageois sont assis;
près d'eux, deux vaches couchées, une chèvre et
des moutons. A gauche, un petit garçon garde
une génisse qui se désaltère au bord de l'eau.

APPELMAN (Signé)

2 — Paysage orné de figures.

Ce tableau rappelle les œuvres de Moucheron.

BAKHUYZEN ZANDE (Signé, 1826)

3 — Paysage avec animaux.

BEERESTRATEN

4 — Vue d'une ville maritime.

Dans le port, plusieurs vaisseaux de haut-bord.
A droite, l'entrée de la ville par une porte monu-
mentale à plusieurs tourelles. Tableau animé de figures.

BERGHEM (N.)

5 — Bergers conduisant ses bestiaux.

BORSEM (Signé)

6 — Étude de vache et moutons.

BOTH (J.)

7 — Paysage.

Au centre, une rivière ; sur le bord, des pêcheurs retirent leurs filets.

BRAUVVER (A.)

8 — Intérieur avec fumeurs.

BRUSSEL (Signé 1793, P.-F.)

9 — Vase rempli de fleurs posé sur une table en marbre où sont divers fruits.

CAPELLE (J. Van)

10 — Marine.

Mer calme, avec nombreux navires à l'entrée d'un port.

CHALON (Signé C.)

11 — Vue prise sur les bords du Rhin,

CHALON (Signé C.)

12 — Autre Vue prise sur les bords du Rhin.

> Ces deux compositions sont animées d'un grand nombre de figures et de bateaux de transport.

CRAYER (G. DE)

13 — Adoration des bergers.

CUYP (A.)

14 — Intérieur d'un temple orné de figures.

DU MÊME

15 — Coqs et poules.

DUBELS (J.)

16 — Paysage. Effet d'hiver.

DUCQ (J. LE)

17 — Scène d'intérieur.

> Charmante composition animée d'un grand nombre de figures spirituellement traitées.

DREIBHOLTZ (Signé)

18 — Sortie d'un port.

DREIBHOLTZ (Signé)

19 — Bords d'une ville maritime.

Pendant du précédent.

ELST (B. Van der)

20 — Portrait d'une dame de qualité.

ESSEN (Van)

21 — Paysage avec chasseurs.

FRANCK (S.)

22 — Réunion galante dans un parc.

GERNAERT

23 — Jeune fille assise tenant un panier.

GOOL (J. Van)

24 — Vaches dans un paysage.

DU MÊME

25 — Pendant du précédent.

GOYEN (J. Van)

26 — Vue de la ville de Rheene.

Tableau traité dans la manière de S. Ruysdaël.

GOYEN (J. Van)

27 — Marine avec bateaux pêcheurs.

GRAAT (B.)

28 — Portrait d'homme représenté debout à l'entrée d'un parc.

GROODT (F. DE)

29 — Paysage boisé.

GUDIN (Signé)

30 — Plage de Scheveningue.

HAGEN (J.) ET VAN DE VELDE.

31 — Paysage animé de figures et animaux.

HALS (F.)

32 — Portrait d'homme.

HANSEN

33 — Vue d'un village. Effet d'hiver.

HONDIUS

34 — Chiens poursuivant un oiseau.

HOOGH (P. DE)

35 — Dame lisant.

HOOGH (d'après P. DE)

36 — Cour d'une maison où l'on voit une femme et une petite fille qu'elle tient par la main ; dans un corridor, une femme vue de dos.

HOREMANS

37 — La Marchande de légumes.

DU MÊME

38 — Personnages à table.

HUE

39 — Marine ; mer calme.

HUYSMANS (DE MALINES)

40 — Paysage accidenté.

Au centre, sur un chemin qui borde des terrains accidentés, une femme tenant un enfant par la main cause à un voyageur assis près de broussailles; plus loin, un pâtre conduit des bestiaux. Dans le fond, une rivière coule ; au bas, de hautes montagnes.

HUYSUM (J. Van)

41 — Vase rempli de fleurs.

JANSON (J.)

42 — Paysage avec animaux.

DU MÊME

43 — Vaches et moutons dans un pâturage.
Pendant du précédent.

JORDAENS

44 — Le Mariage de la Vierge.

KALRAADT (Manière de Wouvermans)

45 — Bergers et animaux près d'une fontaine.

KOLLER

46 — Paysage avec voyageur arrêté sur le bord du chemin.

KOEKKOEK (B.-C.)

47 — Paysage avec chasseur et cavalier arrêtés sur le
chemin.

KOEKKOEK (J.-C.)

48 — Marine ; mer calme.

LANGENDYK (D. Signé, 1774)

49 — Chevaux, laveuses et baigneuses à l'abreuvoir.

LATOUR (Mme DE LA)

50 — Jeune fille occupée à coudre dans un jardin.

LAUWERS (J.)

51 — Intérieur d'une maison hollandaise.

> Dans la première pièce, à gauche, une jeune servante remplit une bouillotte à une fontaine; dans cette première pièce, une porte ouverte laisse voir une suite de plusieurs chambres vivement éclairées par la lumière d'une croisée grillée qui est au fond.

MARATTI (C.)

52 — Sainte Famille entourée de saints et d'anges.

MERTZ

53 — Dames assises près d'une table. (Esquisse.)

MEYER (Signé)

54 — Mer agitée.

DU MÊME

55 — Une Plage.

MIÉRIS (W.)

56 — Épisode de la vie de Joseph.

DU MÊME

57 — Buste d'une Vestale.

MIREVELD (M. Signé, 1641)

58 — Portrait d'homme.

> Il est représenté la tête nue; une collerette tuyautée entoure son cou.

DU MÊME (Signé, 1641)

59 — Portrait de femme.

> Buste à mi-corps, avec une large collerette.
>
> Pendant du précédent.

MOOR (CARLE de)

60 — Portraits de deux enfants avec un chien.

MOUCHERON (F.)

61 — Paysage historique, avec architecture et figures.

NIKELEN

62 — Intérieur d'un temple religieux.

NETSCHER (G.)

63 — Portraits d'un jeune homme et d'une jeune fille
de qualité représentés dans un parc.

NETSCHER (C.)

64 — Portrait d'un seigneur représenté à l'entrée d'un
parc.

OMMÉGANCK

65 — Paysages et animaux.

> Sur le premier plan, quatre moutons couchés et debout; à gauche, sur un terrain élevé, une chèvre; derrière les moutons, un berger assis.

OS (J. Van)

66 — Fleurs diverses. Composition capitale.

DU MÊME

67 — Marine.

> Sortie d'un port avec bateaux-pêcheurs et vaisseaux de haut-bord. Sur la jetée, plusieurs figures.

OS (P.-G. Van)

68 — Paysage avec animaux.

OS (G.-J.-J.)

69 — Intérieur de forêt, avec figures d'enfants ramassant du bois.

OSTADE (A.)

70 — Homme taillant une plume.

PINACKER (A.)

71 — Étude de deux vaches et d'une chèvre.

REMBRANDT

72 — Vieillard lisant.

REMBRANDT

73 — Portrait d'un savant.

Il est représenté assis, le coude appuyé sur une table où sont posés divers objets.

RIETSCHOOF

74 — Marine.

La mer est légèrement agitée et chargée de plusieurs navires; sur la plage, une dame et un cavalier se promènent.

ROESTRATEN (J.)

75 — Le jeune Statuaire.

ROTTENHAMER

76 — Jésus, les mains liées, montré au peuple.

Composition animée d'un grand nombre de figures.

SAENREDAM (P. 1654)

77 — Intérieur d'un temple religieux, orné de figures.

S HOTEL (J.-C.)

78 — Marine. Entrée d'un port.

SCHWEIKKARDT (D'après PAUL POTTER)

79 — Paysage avec animaux et baigneurs.

SCHWEIKKARDT (D'après Paul Potter)

80 — Paysage.

Au centre, un bouquet d'arbres, sous lesquels sont assis trois villageois.

SNEYDERS

81 — Chasseur et gibier.

SONNIEZ

82 — Vue des bords du Rhin.

Paysage animé de figures.

DU MÊME

83 — Même genre de composition.

Pendant du précédent.

STEEN (J.)

84 — Concert burlesque.

STOK (V.-D., Signé)

85 — Effet d'hiver, avec patineurs sur un canal glacé.

STOP (D. Signé Devries)

86 — Garçon d'écurie donnant à manger à un cheval arrêté devant un cabaret.

STRY (Signé J. VAN)

87 — Troupeau de vaches couchées dans un pâturage.
Tableau d'un très-bel effet.

STRY (A. VAN, d'après DE HOOGH)

88 — Intérieur d'une maison hollandaise où l'on voit une
femme assise occupée à lire.

TOUR (Signé 1809, Mᵐᵉ DE LA)

89 — La Dame au perroquet.
Tableau d'une grande finesse d'exécution.

VELDE (A. VAN DE)

90 — Bergers gardant des bestiaux.

DU MÊME

91 — Deux vaches dans un paysage.

VELDE (W. VAN DE)

92 — Mer calme, avec navires et bateaux-pêcheurs.

VERHEYDEN (Signé J.)

93 — Le Marchand de poissons.

VERNET (J.)

94 — Marine. Naufrage.

VERELST

95 — Batterie de paysans dans l'intérieur d'un cabaret.

VERTANGEN (D.)

96 — Paysage avec baigneuses et satyres.

VOLLERT (Signé)

97 — Paysage traversé par une rivière. Clair de lune.

WALDORP

98 — Marine. Vue de Hollande.

WALSCAPEL

99 — Guirlande de fleurs et fruits.

WERF (P.-V. 1709)

100 — Portrait d'homme, costume du temps de Louis XIV.

DU MÊME

101 — Portrait de jeune femme.

    Pendant du précédent.

    (Ces deux portraits sont de forme ovale.)

WITH (E.)

102 — Intérieur d'un temple orné de figures.

WYNANTS (J. Signé)

103 — Paysage boisé, avec terrains accidentés et orné de

    deux figures.

Renou et Maulde, imprimeurs de la Compagnie des Commissaires-Priseurs,

rue de Rivoli, 144.   18688